인향문단 시선

누군가 그 길을 가고 있다

박완규

박완규 시인은 경기도 용인에 거주하고 있습니다. 인향문단으로 등단하였고 인향문단 잡지 편집위원을 역임하고 있습니다. 인향문단 회원으로서 시를 활발하게 발표하고 있고 개인창작시집으로 [누군가 그 길을 가고 있다]를 펴냈습니다.

인향문단 시선 006

누군가 그 길을 가고 있다

초판 인쇄일 2019년 3월 1일
초판 발행일 2019년 3월 1일

지은이 박완규
펴낸이 장문정
펴낸곳 도서출판 그림책
디자인 토마토
출판등록 제2010-000001
주소 경기도 수원시 영통구 이의동 웰빙타운로 70
연락처 TEL(010)2676-9912
E-mail khbang21@naver.com

누군가 그 길을 가고 있다

박완규

누군가 그길을 가고 있다
시집을 내며

나를 위해 글을 쓰기 보다는 당신을 위해 글을 쓰고 싶습니다.

누구나 세상을 살아 가다 보면 혼자라고 느끼거나 외롭다고

생각 될 때가 많습니다.

그럴 때마다 나를 찾으세요.

이 책을 다 읽고 나면 단 한 구절, 한 문장이라도

당신의 가슴을 울려 줄 겁니다.

당신과 내 영혼에 생기를 불어 넣기 위해 펜을 듭니다.

하늘과 땅 구름과 바람 태양 바다 산 강 나무 온갖 동식물

특히나 들꽃과의 만남 이런 이야기들은

우리가 늘 그리워하는 자연의 이야기 입니다.

많은 사람들이 카메라에 풍경이나 인물

꽃 사진을 담습니다.

하지만 풍경이나 꽃 사진 속에 꽃이야기를 담아 보세요.

자연 속에서 꽃들과 이야기 하는 시간들이
우리를 행복하게 합니다.

살다가 보면 눈앞이 캄캄할 때도 있습니다.
그럴땐 하늘을 보아요.
자연의 넓은 품속으로 들어가 보세요.
캄캄하고 답답함을 다 잊어 버립니다.
자연은 잘 생기고 못 생기고 잘나고 못나고
많이 배우고 못 배우고 부자 가난한 자 따지지 않고
공평하게 반겨줍니다.
행복한 나를 찾아 줍니다.
마지막으로 만일 당신이 이 책의 어떤 내용에
감동을 받았다면 당신의 마음을 선물해 보세요.
선물한 당신도 선물 받은 사람도 행복해질 것입니다.

이 책을 읽는 사람들이
행복해 지길 바랍니다.

"누군가 그길을 가고 있다" 시집을 보면서

- 방훈(작가*인향문단 편집장)

꽃과 나무, 그리고 바람과 자연의 시인 박완규 시인이 시집을 내었습니다. 시를 하나하나 감상하면서 자연의 사랑에 대한 시인의 깊은 감성을 읽을 수 있었습니다.

긴 시간 꽃과 함께 해온 시인이 바라보는 자연과 꽃은 우리의 삶과 닮아 있습니다. 어려움 속에서도 꽃을 피우는 자연의 놀라운 법칙 속에서 삶의 교훈들을 들려주는 시인의 시는 몇번을 다시 읽고 음미해야할 교훈이 숨어져 있습니다.

쉽게 쓰여진 듯 하지만 오랜 시간 시인의 관찰을 통하여 새롭게 탄생한 시들은 어려움 속에서도 실망하지 말고 또 포기하지도 말고 자신의 자리에서 굳굳하게 할 일을 다하면 언젠가는 꽃을 피우고 자신의 역할을 다할 수 있다는 희망의 메시지로 다가옵니다.

이 시집을 읽는 독자들이 단순하게 텍스트만 읽지 마시고 그 안에 숨겨진 의미들도 같이 음미해보시기를 권해드립니다. 시인의 아름다운 감성으로 들려주는 교훈들은 부드러우면서 쉽게 다가오지만 읽고나서는 깊은 울림을 우리에게 가져다 줄 것입니다.

방훈 작가는 1965년 경기도에서 출생하였다. 대학에서는 국문학을 전공하였으며 대학을 졸업한 후에는 다양한 분야의 경험을 하였으며 다양한 분야의 글을 쓰기 위해 노력하고 있다. 2000년 초반 시인학교에 시를 게재하여 시인학교 추천시가 되면서 본격적인 시창작 활동을 하였다. 그 이후에 여러 동인시집을 같이 발간하였다. 16인 공동시집 [한 페이지 한 페이지마다 내 사랑을 담아 전합니다] 발간에 참여하였으며 또 26인 공동시집인 [사랑으로 핀 꽃은 이별로 핀 꽃보다 일찍 시든다] 발간에 참여하였다. 그후에 긴 시간에 걸쳐 절필의 시간을 지냈으며 2011년 [저 먼 아프리카의 이쯔리 숲으로 가고 싶다]라는 개인시집을 출간하면서 다시 시창작활동을 시작하였다. [아무런 대답도 할 수 없었다], [아비의 역마살은 언제 끝나려나] 등의 시집과 [방훈의 희망시편], [방훈의 청춘시편], [방훈의 지옥시편]이라는 연작시집과 다수의 창작집을 발간하였다.

박완규 창작시집 - 누군가 그 길을 가고 있다
CONTENTS

인향문단 시선

누군가 그 길을 가고 있다

등불

시는 치료하는 의사입니다
자연과 벗하는 것이며
사람들의 향기인 것입니다

눈으로 보고 마음으로 느끼며
가슴으로 듣고 노래하는 것이
시입니다

시는 자연스럽게 피어난
사랑의 꽃이며
세상을 환하게 비추는
향기로운 등불입니다

만남

우리 그전에
어디서 만났을까

어디서 본 듯하고
어디서 만난 듯한
반가움이다

삼십 년 전에
고향 떠나 시집간
누이 같고 형님 같고
동생 같고 친구 같다

사람은 마음이 통하면
누이 되고 형님 되고
동생 되고 친구 되는 것을

마음의 문을 열자
시원한 산들바람이
마음의 창으로 들어왔다

그날의 저녁 풍경

안면도 숲속에서의
하룻밤은 잊을 수가 없다
솔숲에서 부는 바람에
솔향이 솔솔 나고
바다에서 부는 바람에서는
파래 청각 향기가 났다

그날 밤 소나무 숲의 향기는 잊을 수가 없다
솔숲에서 보드랍게 불어왔던 바람은
얼마나 향기롭던지

도시의 오염된 공기와 바람만 느끼고 마시다가
안면도 솔숲의 향기
바다의 향기는 말이 필요 없는
첫사랑 그녀의 향기였다

아무도 없는 안면도 숲속에 텐트를 치고
별을 보며
하룻밤을 나 홀로 까맣게 지새웠어도
그날의 저녁 풍경은
얼마나 아름다웠던지
잊을 수가 없다

애기똥풀꽃

초록 풀밭 위에
어여쁜 아기들이
노오란 똥을 누고 갔나 봐

아기들은 천사인가 봐
눈동자가 너무 맑아
수정 같아
똥도 노오란 꽃으로 피어나니 말이야

비개인 아침 고요한데
안개가 부드럽게 피어오르고

냇가 둑방길이
온통 애기똥풀꽃 천지다

바람이 살랑살랑 간지럽히면
황금빛으로 빛나는
애기똥풀꽃들이
노오란 미소로 방긋방긋 웃는다

우리의 꽃, 무궁화

우리의 꽃
무궁화 꽃
진자리에
새하얀 눈꽃이 피었네

순식간에 녹아버릴
꽃이라 해도
사랑으로 피어나리

꽃이 머물다간 자리
이리도 고운 것을
하물며
사람이 머물다간 자리야
더 아름답지 않을까?

찔레꽃

푸른 오월
신두리 바닷가
그 옛날 세월의 흔적 따라
해안사구
모래 언덕 길을 걷는다

곰솔 나무 숲에선
솔 향 솔솔

파도의 세레나데
산새 노래하고
하얀 찔레꽃 향기에
흠뻑 젖는다

사계절의 흐름 속에
하얀 찔레꽃

빨간 열매
하이얀 솜모자 쓰고
배고픈 꿩을 불러 붉은 사랑을
아낌없이 내어준다

내 마음의 등대

망망대해로 가는 배
떠나는 길에 보았네
그리운 고향 바다를

오대양 육대주 먼길을
어두운 밤길
별을 이고
달을 이고
돌고 돌아
고향 항구로 돌아오는 밤배

오, 그리운 항구 보고 싶은 얼굴들
어여 가자 어여 가자 밤배야
어두운 항구 한줄기 길잡이 불빛은
어찌 그리 반가움인지 어머니 품속 같다

겨울나비

눈비가 오려는지 하늘은 회색 구름이다
산에는 엊그저께 내린 눈이 하얗다

지난 가을에 떨어진 낙엽들은
착 가라앉아 솜이불처럼 푹신하다

늦은 오후 동네 뒷산으로 산책을 나섰다가
희한한 광경을 보았다

하얀 눈 쌓인 위로 하얀 나비가
딸랑딸랑 훨훨 날아간다

꿈인 듯하여 눈을 한번 비벼보고
다시 보니 한 마리가 아니라
세네 마리의 나비 천사들이 날고 있었다

가랑잎 위에 내려앉은 나비를
살금살금 다가가 두 손에 살포시 감싸 안으니
날개를 펄럭거린다

놓아주자 딸랑딸랑 훨훨 날아간다
이 겨울날에 하얀 나비 천사들을 만나다니
꿈을 꾸는 듯하였다

추억

추억 한 장을 넘긴다
쇠죽 끓이는 잉그락불 속에다
여가꼬 꾸묵는 강냉이 군고구마
그맛을 알랑가 몰라
모를 것이여

숯검댕이 껍질 벗겨
뜨건 가슴 호호 불어
묵으면 뜨끈 달콤한 구수한 맛
알랑가 몰라
아마 모를 것이여

밖에는 함박눈 펑펑 내리고
쌩쌩 찬바람 매서워도
누렁소 큰 눈 꿈벅꿈벅

되새김질에 가마솥에선 김이 모락모락
부엌 잉그락불에 내 가슴은 숯검댕이
내 얼굴은 홍당무

하루가 간다

술 취한 듯한
하루

깊어만 가는
마음

영화관 밖에 있는 듯
어둠이 오면 가겠지

환한 불빛
보이면
한 점이 되겠지

이별

수십억 만년을
우주를 떠돌다
별똥별 하나가 떨어진다

내 가슴에 빛으로 다가오다
사라진
많은 사람
많은 기억

바람에 별이 흔들거린다
그리운 얼굴들
잊혀진 얼굴들

사는 것이 바빠
그 이름조차 잊혀져
흙이 되었을 이름이지만

이 밤, 내 가슴에 찾아온
큰 별 하나가 진다

바람이 소리 내어 운다

횡단보도

도시의 길
이리 가도 저리 가도
산 숲길은 아녀

빌딩숲 길이고
자동차 길, 횡단보도, 지하도, 육교 길
건너야 하는 길이 왜 이리도 많은지 몰라
건너가다 볼 일 다 보겠네

도시의 길
이리 가도 저리 가도
낯설고 어지럽다

내려가고 올라가고 건너가고
빙글빙글 돌아가는 길 이러다가
볼 일은커녕 한세월 다 가겠네

요단강 건너
벌써 어디만큼 가셨을 내 아버지
지하도 내려가고 다시 올라가고
횡단보도 건너건너 가도 만날 수 없는
내 아버지 가시는 그 길
아이고 환장하겠네
그리운 내 아버지 언제 다시 만날 거나
나는 오늘도 횡단보도를 건너고 있다

대나무 1

언제나 푸른 마음
좌로나 우로나 기울거나
쓰러지지도 눕지도 않습니다

부러질지언정
꼿꼿이 서서
높은 곳을 향하는
변함없는 그 마음

비굴하지도 물들지도 않고
언제나 푸르게 살아갑니다
바람 불면 바람 소리를 낼뿐
마디마디 텅 빈 마음으로
그렇게 살아갑니다

꿈

철따라 피는
꽃이 있어
참 좋았네

파란 바람 불어
좋은 날에는
하늘이
닿을 것 같은
산에 올라가

구름 위에 누워
하늘을 만지며
하늘색 꿈을 꿉니다

다리

그날의 총성이 멎은 지도 오래 되었다
자유롭게 오고 가던 다리는 늙어 버렸다
그날 이후 아무도 오고 가지 않는다

세월의 흔적만이 들꽃으로 피어 있고
오직 짐승들과 바람과 구름만이 오고 갈뿐
물길이던 곳에 강과 강을 이어 다리가 놓이면
강 건너 사람들은 자유롭게 오고가는데
바다와 바다를 이어 섬이 육지가 되면
뱃길로만 갈 수 있었던 길을 다리를 통해
자유롭게 오고 갈 수 있는데
그날의 다리는 잡풀 우거진 꽃길이 되었고
세월의 긴 상처를 안은 채 낡아져 가고 있다

11월의 장미

5월에 피어난 빨간 장미는
마음을 붉게 물들여 놓았다

장미를 보는 순간
두근거리는 마음 감출 수 없어
가만 가만히 다가가서
보드라운 꽃잎에 입 맞추다
그 향기에 취해
가시가 따끔하게 찌르는 것도 몰랐지
붉은 장미 꽃잎이 땅에 뚝뚝 떨어질 때
가시를 보았지

지나는 길에 가끔씩 빨간
장미가 향기로 유혹 했어도
데면데면 했었지

그러다 나뭇잎 비바람에
떨어진 길을 쓸쓸히 걷다가
파란하늘 보고 있는 장미를 보았지

11월의 빨간 장미를 보는 순간
또다시 두근거리는 가슴으로
보드라운 꽃잎에 입맞춤 하니
그 가시가 옷자락을 붙잡고……

그녀와 함께

첫사랑 그녀를
만나던 날 아침
두근두근 심장이 쿵쿵

눈이 내려 온 세상을
하얗게 덮어주었고

오는 눈을 맞으며 우린
두 손을 꼭 잡고 도란도란
걷는 길에

는개비 내려오는
호숫가 아늑한 집에서
차와 식사를 하고 우산 하나 사서
둘이서 다정히 어깨동무하고 걷는다
눈이 오다 바가 오다 해가 뜨니
한없이 행복해진다

날마다 이런 날만 있었으면
얼마나 좋을까 첫사랑 그녀와 함께
윤슬이 아름다운 호숫가를 걷는다

*이시는 첫눈 오는 날 오행시입니다.
*는개 : 안개보다는 조금 굵고 이슬비보다는 가는 비의 북한어

울릉도

울릉도 성인봉에
달빛 별빛 머물다
곤히 잠이 들고

엄동설한 하얗게 쌓인 눈
온 울릉도가 눈 세상이 되었네

마음은 쪽빛 바다위에
하얀 배 띄우고
울엄마 그리워하는 맘
가득 싣고 두둥실 떠간다

자화상

우린 그림자처럼
늘 함께했지

하늘을 볼 때도
구름을 볼 때도
바다를 볼 때도
산을 오르고
꽃을 볼 때도

우린 그림자처럼
늘 함께했지

기쁠 때도
슬플 때도
그리울 때도
외로울 때도

우린 그림자처럼
늘 함께했지

너는 나의 자화상
나는 너의 자화상

우린 그림자처럼
늘 행복하자

감나무

세상을 한바퀴
돌아 온 비바람이
고향마을 감나무를 흔듭니다

벗은 나뭇가지 마다 에는
주홍빛 노을이 매달려 있습니다

배고픈 새들이 날아와
붉게 물든 노을을 쪼아 먹습니다

감 익는 마을마다 그리운
저녁노을이 물듭니다

도시로 떠난 사람들은
아직 돌아오지 않았습니다

따뜻한 주홍빛 등불 하나
어둠 속에서 빛나고 있을 뿐입니다

늙어 버린 노을만이 기다리다
고향마을 산 너머로 집니다

가족

마음의 꽃밭에 꽃씨 하나 떨어져
새잎을 내고 잘 자라서
진분홍 꽃이 피어나던 날
벌 나비 찾아와
사랑노래 들려주었지

아가가 웃으면
우린 입을 다물지 못하고 웃었고
아가가 웃으면
힘겨운 삶이 웃음꽃으로 피어나서
힘든 줄 모른단다

이 세상 꽃이 아름답다고는 하나
티 없이 맑고 하얀 아가의 웃음꽃만 할까?

우주의 소리로 옹알옹알
하늘의 언어로 옹알옹알

그 신비한 소리들에 살며시
귀 기울이면 우주의 소리 들렸고

그 신비한 하늘의 언어에
귀 기울이면 행복하다

이 세상 그 어떤 말보다도
기분 좋은 말 옹알옹알

차

차 한 잔 속에는
자연이 있고
인생이 있다

차 한 잔 속에는
친구가 있고
연인들의 이야기가 있다

차 한 잔 속에는
삶이 힘들 때
잠시 쉬었다가 갈 수 있는
여유로움이 있다

차 한 잔 속에는
노래가 있고
사랑이 있다

겨울 소나무

하얀 곰 한 마리가 커다란
곰솔 나무를 안고 꿈을 꿈니다
송순이 자라 나오고 노란 꽃이 피어나
온 세상에 송악가루 천지더니
초록 애기 솔방울이 방울방울 열렸습니다

온 세상이 울긋불긋 물들다 떨어질 때
푸른 곰솔나무도
황금 솔잎을 떨구어냅니다
곰솔나무 숲속에는 솔향이 향기롭습니다

어느새 초록 애기 솔방울에도
가을이 와 삭정이처럼 늘어진 솔방울들이
솔바람 소리에 툭 툭 떨어집니다

푸른 곰솔나무 위에는 가슴 시리게
하얀 눈이 소복이 덮이고 겨울 소나무
가지위에 솔방울 새들이 모여 앉아서
솔바람 노래를 지저귑니다

곰솔나무를 안고 겨울잠에 빠진
하얀 곰은 봄이 오는 꿈을 꿈니다

한 소녀가

한 소녀가
밤새도록 울었다
꽃보다도 아름다운 나뭇잎이 진다고

한 소녀가
밤새도록 잠을 이루지 못했다
조그마한 두 손을 모으고 기도를 한다
비와 찬바람에 나뭇잎이 다 떨어지지 않기를

날이 밝자 소녀는 낙엽이 수북하게 쌓인
공원에 나와 행복을 찾고 있다
밤새 비바람에 떨어져 비에 젖은
나뭇잎을 한 장, 한 장 뒤집어 본다

소녀는 단풍 든 얼굴로
행복을 한 아름 안고 온다
밥을 안 먹어도 배부르다고 한다
이 나뭇잎들 한장 한장에는
행복이라 쓰여 있다고 한다
구름 사이로 빠끔히 내민 소녀의 얼굴 같은 밝은 해가
빙그레 웃고 있었다

가을이 떠나가네

고마운 봄
무더웠던 여름 지나
겨울을 재촉하는 비와함께 찾아온 입동
가을은 이렇게 낙엽 떨구고
저만치 가고 있다
멀어지는 뒷모습이 왜 이다지도 쓸쓸해
보이는 건가

구름은 혹시 알랑가 몰라
회색빛 구름도 가는 가을이 아쉬운 듯
잔뜩 찌푸리고
금방이라도 울 듯한 모습이다

마음도 덩달아 흐린 날
냄비에 물을 붓고 보글보글 끓인다
커피한잔을 탄다
달콤하고 변하지 않는 사랑 한 숟가락 넣고
행복한 웃음 한 숟가락 넣고 휘휘 저어
가을 나뭇잎 한 잎 띄워 마신다

기다립니다

마음 한구석이
늘 비어있는 듯한 허전함을
새싹이 돋아나고 꽃이 활짝 피면
잊을 수가 있을까요?

그대 그리워하는 마음
지워도 버려도 다시 오는 그리움
비워도 채워지지 않는 허전함
깊은 밤에 소쩍새는 왜 이리 슬피 울어
빈 가슴을 울립니까?

빈들에 선 마음이
풀벌레소리에도 촉촉하게 스며듭니다
억새꽃이 바람에 흔들리고 무지갯빛
꽃단장 하고서 그대 떠나가려 할 때
비우고 버리고 잊으려 했습니다

빨간 찔레꽃 열매에 그리움이
소복하게 내려 쌓입니다
또다시 기다립니다
꽃피는 봄날을

안개처럼 꿈이 피어오른다

저 먼 구름에서 별이 물들다 떨어진다
너의 가슴을 보면
나무 잎새가 떨어진다

누군가 나뭇가지를 마구 흔든다
물들어 힘을 잃은 잎새 하나
아가가 쳐다만 봐도
툭 하고 떨어져 나비가 된다

너의 얼굴을 보면 주황빛 감이 익는다
달콤한 가을이다

이미 떠난 사람들도 있고 잊힌 사람도 있다
모두 떠나고 나면 가을 나무는 바람에 운다

그렇다고 당신이 떠났다고
나 울지 않는다
다만 한마디
사랑한다, 사랑한다
못 전한 것이 슬프다

시월은 그렇게 가고
자욱한 산 그림자를 안고
빈 가슴 허전한 날들 속으로
십일월의 어느 날
너의 그리운 두 눈에
안개처럼 꿈이 피어오른다

비상구

비바람이 불고 어둠이 오고
큰 우렛소리와 번개가 치더니
장대비가 내린다

상당히 고통스러워 절규 하던 당신
지금도 그때를 생각하면 내 마음엔
장대비가 내린다

구름도 바람도 천둥도 울었다
그 울음은 장대비가 되어
온밤을 꼬박 새워 내렸고
아침이 오기까지 내렸다
언제 비가 왔었냐는 듯 밝은 해가 떠오르고
당신은 따뜻한 햇빛아래 스르르 잠이 들었다
가시는 그길 위에는 따뜻한 해가 함께
걸어가고 있었다

추억 한 장을 넘겨본다

어릴 적 뛰어놀던 뒷동산에 찾아와보니
그 친구들의 모습이 뛰놀고 있다

아련한 추억 속에
잠기다 뒤돌아보았을 때
친구들은 간곳없고
뒷동산 묘지위에는
할미꽃만이
고개 숙여 피어있었다

어릴 적 가재 잡던
도랑에 찾아와보니
그 친구들의
맑은 웃음소리가 들린다

아련한 추억 속에
잠기다 뒤돌아보았을 때
친구들은 간곳없고
거울처럼 맑은 물속에는
각시붕어 피라미 송사리 떼 동자개
버들치가 유유히 노닐고 있었다

바람처럼 물처럼 불처럼

차지도 뜨겁지도 않게
미지근한 것보다는
뜨겁게 살다 가고 싶다

어떤 날은 보드라운 꽃잎 같은 바람으로
어떤 날은 산들산들 시원해서
고마운 바람으로

또 어떤 날은 태풍 바람이 된다 해도
바람처럼 살다 가고 싶다

어디 흐르는 것이 세월뿐이랴
산을 떠나 들을지나
개울 지나 여울여울지다
바다까지 흘러가는 물처럼

채워주고 넘쳐흘러
굴곡진 바위산과 들을지나
억겁의 세월을 굽이굽이
노래하며 흐르는 물처럼
그렇게 살다 가고 싶다

내게 남은 날이 오늘뿐이라 해도
바람처럼 물처럼 불처럼 그렇게
살다 가고 싶다

진통제 같은 인생

문이 열린다
아주 조금만 열린다
어디로 가는 문일까
어둠을 헤치고 나오는 한 점은
부드러운 선이 되었다

아주 조금 열린 문으로 흰 버선발 하나가
진한 꽃향기를 풍기며 들어온다
버선발에서는 산국화 향기가 난다
내 눈은 꽃향기를 맡은 꿀벌처럼
부산한 날갯짓으로 버선발을 향해간다

어두운 방안에는 그녀가 앉아
두개의 채널밖에 나오지 않는
텔레비전을 보다가 창가에 햇빛이 비치자
지팡이를 짚고 햇볕을 쬐러나간다

그녀의 청춘은 어디로 갔는지
그 곱던 얼굴과 손은 쭈글쭈글
말라비틀어진 빵 같고 살갗에는
거뭇거뭇한 저승꽃이 피었다

그녀는 허공을 응시하다가 주머니 속에서
하얀 약봉지를 꺼내 입안에 털어 넣자
하늘하늘 꽃가루가 되어 내린다
그녀는 따뜻한 햇빛아래
노오란 은행잎이 지는 것을 물끄러미 바라보다가
그만 잠이 들었다

빙어낚시

넓은 파로호가 꽁꽁 얼어붙었다
삼삼오오 가족 단위로 낚시를 즐기던 사람들 하나둘 모두 떠나고,
어둠이 내리기 시작한 호수 위에
동그랗게 구멍을 뚫는다
그 위에 막대를 세우고 비닐로 덮어씌워서,
바람막이 움막을 하나 짓고,
바닥에는 스티로폼 한 장을 깔았다
바닥에는 얼음구멍을 하나 뚫고,
낚시채비를 내린다
짜릿한 밤낚시를 시작한다
움막 밖에서는 바람이 춥다고 하며,
비닐을 날려 버릴 듯 흔들며 울어댄다
산에서는 배고픈 산짐승들의 울음소리가 들려온다
형광빛 케미라이트 불빛이 물속으로 사라진다
가느다란 줄을 당겨 올리자 은빛 투명한 요정들이
줄줄이 달려 올라온다
나 홀로 즐기는 밤은 깊어만 간다
따뜻한 대추차 한잔 하면서
은빛아가씨들과 나누는 겨울 얼음왕국 이야기는 행복하다
어둠이 걷히고 여명이 밝아온다
밤새 낚여 올라온 1000여 마리의 은빛아가씨들을
얼음궁전으로 돌려보내고 나니
떠오르는 아침해가 환하게 웃는다
집으로 돌아오는 내내 은빛 공주님들이
눈에 아른거렸다

히말라야

혹시라도
내 친구가 와서
어디 갔느냐고 묻거든
저 멀리 히말라야에
갔다고 말해 주세요

그래도 내 친구가 또 와서
어디 갔느냐고 묻거든
발을 헛디뎌 그만
크레바스에 빠져서
그곳에 잠들었다
전해 주세요

혹시라도
내 친구가 와서
눈물 흘리며 묻거든

그 사람의 꿈과 사랑은
히말라야 핀 눈꽃이 되었다
전해 주세요

님의 노래

님이 불러주는 바다의 노래
인생의 노래가 파도소리로
들려온다네

당신이 불러주는 바다의 소리
내 가슴에 파도가 되어
부서지고 부서져서 인생이 되네

슬픈 날엔 잔잔한 물결로 바람으로
파랗게, 파랗게 하늘을 안고 울었고
척박한 갯바위에서도 수만 년 그렇게
푸르게 자란 저 소나무는 알랑가 몰라
불러도 대답 없는 구름만이 흘러가고
파도소리 만이 들려오네

뱃고동 소리만 울리고 떠나버린
당신 모습 그리워 오늘도 바다는
포말로 부서지며 갯바위에 부딪혀 노래하네

검은 밤바다에 자장가 되어 들려오는
저 소리는 님이 불러주는 자장가인가
눈물인가 파도소리인가
지친 나그네 파도소리에 스르르 잠이 드네

자작나무

열 살짜리 사내아이가 자작나무 숲에 앉아
초롱초롱한 눈망울로
선생님이 써 내려가는 인생 이야기를 받아 적습니다

그 이야기는 맑은 머릿속으로 쏙쏙 들어오고
사내아이는 연필에 침을 묻혀서 꾹꾹 눌러
받아쓰다가 점심때가 되자
슬그머니 뒤편 자작나무 숲으로 가
흐르는 맑은 물을 마십니다
사내아이가 걸어 갈 때마다
개울물 흐르는 소리가 들립니다

열 살짜리 사내아이가 자작나무 숲에 앉아
나무 사이로 흐르는 햇살을 보고 있습니다
가만히 들여다보니 분명히 열 살짜리
사내아이인데 얼굴은 늙어 있고
머리도 희끗희끗하고 나이 든 어른입니다
언제부터 여기에 서 있었는지 몰라도
자작나무는 하얗게 늙어 있었습니다

일기장

해뜨기 전에 앞산에 올라
산과 산 사이에 빠끔히
떠오르는 해를 본다
언제나 환하게 웃어주는 그 얼굴
따뜻한 빛 부드럽고 빠르고
선과 색이 너무나 고와서
감동으로 다가오는 고마운 친구

기상 상황이 좋지 않아
해를 못 보는 날도 있지마는
그런 날에도 산에 올라
혹시나
그의 얼굴 볼 수가 있을까 하고
기다리곤 한다

장마철에도 잠깐씩 그의 얼굴 보이면
반가워 얼른 뛰어나가 반긴다
어느 한 사람만의 친구가 아니다
생명이 있는 곳에 그가 있다
부드럽고 빠르고 따뜻하고
아름다운 선과 색깔의 빛으로
모두를 사랑으로 포근하게
감싸 안아주는 그런 친구다

추억 속으로

삼십 여 년 전 추억 한 장을 꺼내서 본다
맑은 섬진강 물에 빠진 달이 술을 마신다
달은 섬진강 물속에서 허우적거리며 비틀거린다

우리 깨복쟁이 친구 일곱 명이서
서늘한 가을 달밤에 칠십 리 밤길을 걸어
아랫마을 점방에 들러 됫병소주 일곱 병을 사가지고 나와
쉬지 않고 단숨에 병나발을 불었다

먼저 쓰러지는 놈이 술값을 다 내기다
일곱 명 모두 병나발을 불고 나니
얼큰하게 취기가 온몸으로 퍼졌다

어깨동무를 하고 둘이서, 둘이서
빠바바밤 집으로 가는 길에 하나 둘
황금 들녘에 쓰러져 잠든 놈
개울가에 처박혀 잠든 놈

가을밤이 술을 마시고 취해서
달을 덮고 잠이 들어 버렸다
잠에서 깨어보니 그때 젊은 청춘의 친구들이
희끗희끗한 중년들이 되어있었다
지금도 노래하며
유유히 흐르는 섬진강을 바라다보니
그때 그 추억이
흘러 흘러가고 있었다

부치지 못한 연서

커다란 나무 잎새에
진실한 마음 담아
빼곡히 써 내려갑니다
어쩌고저쩌고……

저 파란하늘 보면
당신의 파란 미소가 떠올라
실없이 피식피식 웃어 봅니다

마음속이 금세 파래지고
두근두근 행복해져서
콧노래가 절로 나오고
어깨가 들썩 거립니다

저산에 머루 줄기 잎새가
이렇게 빨갛게 물든 것은
흐르는 계절이 아니라
당신을 그리워하는
연서일 것입니다

불처럼 뜨거웠던 지난 여름날에
부치려 했는데 못 보낸 연서
저 고운 잎이 지기 전에
보내야만 할 텐데 아직도 부치지 못하고
숲속의 나무 잎새만 붉게 타오릅니다

돋보기안경 너머로 본 세상

삼십 년 만에 지하철을 타보니 어리둥절하다
땅속으로 깊숙이 내려가서도
갈아타는 곳까지 수많은 사람들
틈에 끼어 걷는데 정신이 없다

어질어질하여 별나라에 온 듯한
착각에 빠진다
꼭 돋보기안경 너머로 본
세상에 와 있는 느낌이 든다

기다란 인생 열차를
많은 사람들이 타고 내린다
스마트폰에 푹 빠진 사람들과
표정 없는 사람들을 태우고
도심의 깊숙한 곳을
빠르게 달려간다

저마다의 역에 사람들을 내려주고
태우고 달린다
저 많은 사람들은 어디로 바쁘게들
가고 있는 것인가
멀어져 가는 인생열차를 우두커니
바라보고 서있었다

동반자

당신이 불러주는
꽃나팔 소리에 눈을 뜹니다

따사로운 햇살이
창 너머로 들어옵니다

하늘 향해 두 팔 벌려
칭칭 감고 올라가는 당신

비비 꼬인 당신의 팔 처럼
우리의 인생이 꼬인 걸까요

아, 그건 아니었네요
어여쁜 꽃나팔 소리로 피어났군요

당신은 날 휘감아 오르고
난 휘감긴 팔에 안겨

거센 바람을 피할 수 있어
얼마나 좋은지 모르겠습니다

우리는 동반자랍니다
당신이 불러주는 꽃나팔 소리는
천국에서 들려오는 소리 같습니다

목소리 1

버스 정류장에 물끄러미 서있다
신호등 불빛이 바뀌고 횡단보도 건널 때
바람에 실려 오는 따뜻한 목소리
길조심 차조심 사람조심하고

울엄니의 목소리는
양갱처럼 부드럽고 달콤하다

지금 내 나이 오십 구세
내일모레면 육십인데

섬진강가 나 살던 고향
기억 속에 풀꽃 일렁이는 그곳
유년의 들녘을 걸어가노라면
어린아이처럼 설렌다

울엄니 목소리는
그 시절이나 지금이나
흐르는 강물처럼 맑고 구수해서
양갱처럼 부드럽고 달콤하다

커피

너의 사랑이 너무나 그리워
냄비에 물을 붓고 보글보글 끓인다

너의 사랑 한 숟가락
나의 그리움 한 숟가락

너의 눈물 한 방울
나의 뜨거운 정 한 방울
가을 향기 한 잎 띄우고
넣어서 휘휘 젓는다

은은한 너의 향기 솔솔
달콤한 우리들 사랑 솔솔

달고 쓰고 알싸한
그 사랑이 다가 온다

너의 향기로운 사랑
보글보글 뜨거운 사랑

호호 불면 그 사랑은
내 몸속으로 따뜻하게 스며든다

외로움 그리움 사랑
모두 마셔 버린다

동행

오랜 시간 우리와 함께
동행하는 자연이 있어 행복합니다

만약에 하늘이 없었다면
너무나 공허하고 외롭고 세상도
존재하지 않았을 것입니다

만약에 바람이 없었더라면
많은 생명들이 부패하고 썩어서
죽었을 것입니다

만약에 햇빛이 없었다면
살아있는 모든 생명이 살지 못했을 겁니다

만약에 물이 없었다면
상상을 해 봅시다
물은 생명수 입니다

만약에 공기가 없었다면
상상하기 싫습니다
자연의 힘 하나님의 섭리는 놀랍고도
신비합니다

해, 달, 별, 산, 강, 바람, 공기, 동물, 새, 곤충들
온갖 식물들 아름다운 꽃도 말입니다
그리고 인간 온 우주가 동행한다고 봅니다
너와 나 우리 모두 함께 동행하는 것입니다

냄새

숲속마을
새들도 집을 찾아 드는 시간
어슴푸레하게 어둠이 내려앉았다

어머니는 구수한 청국장
찌개를 끓이셨다

온 집안이
쿰쿰한 냄새로 진동했지만
퀘퀘한 곰팡이 냄새마저도
쿰쿰하고 구수해서 행복한 냄새로
변해 버렸다

거기에다 오래 묵은
김장 김치의 냄새는 곰삭은 맛이
숲속의 나뭇잎 향기처럼 향기롭다

앞산에서 불어오는 바람에서는
소나무 향기가 솔솔
그 향기에는 꽃향기 가득하여
내 마음은 취해 버렸다네

그런데 왜 그 향기에서는
첫사랑 그녀의 향기가 나는 것일까

민들레 가족의 상봉

고향을 떠나 저 먼 길을
훨훨 날아 혼자 내려앉은 곳
대한민국 서울 어느 변두리

내 고향은 추운 함경도라네

이곳 남쪽나라 기름진 땅에
홀로 꽃을 피워 외로웠다네
그리운 가족들 생각에 별을 보며
달을 보며 얼마나 울었던지
민들레는 늘 슬퍼 보였다

그렇게 그리움을 달래며
지낸 날들이 얼마나 흘렀을까

바람이 몹시 불던 밤
엄마 아빠 민들레 오빠 민들레 날아왔다네
그날은 한가위 달밤이었네

민들레 가족은 둥근달을 부둥켜안고 많이도 울었다네

이제는 울지 않아
부자가 아니어도 좋아
어느 장소에서라도 어여쁜 꽃을 피우리
민들레꽃을
민들레 가족 함께 할 수가 있으니
이보다 더 좋을 수가 있을까

혼불

영혼이 맑은 열세 살 때 일이다
무더운 여름밤이면 동네 저수지 둑방에
멍석을 깔고 누워 가족 단위로 나와
나이 많으신 어른부터 어린 아이들까지 오손도손 나란히 누워
하늘에 별을 보며
이야기꽃을 피우곤 했다
그러다가 밤이 깊어 이슬이 내리면
하나 둘씩 집으로 돌아가고 대여섯 명은 남아서
찬 이슬이 축축하게 내리는 새벽까지
이야기꽃을 피우다 잠이 들곤 했다

어떤 날인가 한참을 자고 일어났는데
멍석위에는 이슬이 축축하게 내려앉아 있었고
별도 달도 잠들고 칠흑 같은 어둠속에서
밀감 빛 불빛 하나가
저수지 둑방 위를 한 바퀴 돌고 동네 앞산을 지나
뒷동산 어디론가 순식간에 사라졌다

어른 주먹 두개 크기에 올챙이 꼬리마냥
꼬리가 짧게 달려 있었다
내 옆에서 주무시던 할아버지께서도
잠이 깨셨는지 너 안자냐?
방금 지나간 저 불빛은 사람의 혼불
즉, 영혼 같은 것이란다
꼬리가 없는 것은 남자 혼불이란다
혼불이 가다가 사라진 곳이 그 사람의 무덤이란다
나는 무서운 생각에
얼른 할아버지 품속으로 파고들었다

애야, 무섭지 않단다
어차피 사람은 한번은 죽는 거란다

날이 밝자 동네에서 곡소리가 났다
할머니 한분이 간밤에 운명 하신 것이었다
그런데 더욱 신기한 것은
어젯밤 혼불이 날다 사라진 뒷동산에 묘지가 쓰여졌다

그 이듬해 여름밤 자정이 지나고
두세 시쯤 되었을 시간이었을 것이다
이번에는 꼬리가 없는 불빛 하나가
빠른 속도로 날아서
동네 앞산 소나무 산에 내려앉았다

그 후 일주일쯤 지났을 때
동네 젊은 삼촌이 먼 나라로 여행을 떠났다
그 일이 있고 난 다음부터
나는 저수지 둑방에 가지 않았고
지금까지도 그 불빛을 한 번도 다시보지 못했다

아마 영혼의 때가 묻었나 봐
아가들 눈을 보면 너무너무 맑아서
꼭 천사 같은 생각이 들곤 한다
혼불은 맑은 영혼들의 눈에만 보이는 것이
아닐까 하는 생각이 든다
사람이 태어나서 죽는 것은 정한 이치라고 합니다

기차

기차는 날마다 이곳을 지나간다
일년 삼백육십오일
언제나 변함없이 기차가 지나간다
얼마나 먼 길을 달려 왔을까
뒤돌아보니 가버린 세월들만이
저만치 가고 있었다
기차는 어디로 가는 것일까
그 안에는 수많은 인생 이야기가 있다
역마다 저마다의 인생을 내려 주고
기차는 경적을 울리며 달린다
도대체 어디로 가는 것일까
출발역과 종착역이 있을 것인데
우리네 인생도 출발역과
종착역이 있을 것이다
아무리 잘 살아 본들 한 목 숨이고
아무리 못살아 본들 한 목숨이다

어차피 올 때도 혼자 울었고
갈 때도 혼자 아니던가?

출발만 있고 끝이 없을 것처럼
살아가지만 결국엔 그렇게
혼자 쓸쓸히, 쓸쓸히 종착역에 도착 하는 것을
끝까지 가보면 알까
안개가 걷히면 보일까
어렴풋이 희미하게 보이던
기차는 사라져 갔다

진달래가 피는 봄이 오면

진달래꽃이
막 꽃망울을 터뜨리려고 하던 날
그녀와 운명처럼 만났습니다
빨간 장미가 흐드러지게 피던 날도
우리는 만났습니다
꽃과 함께 하던 시간들은 꿈길 같았고
향기 나는 꽃길이었습니다

그러던 어느 날부턴가 꽃이 지듯
그녀가 보이지 않았습니다
나중에 안 사실이지만 꽃잎 떨구듯
저 먼 나라로 여행을 떠났더군요
그렇게도 환하게 꽃보다도
더 예쁘게 웃어주던 그녀가
다시는 여행에서 돌아오지 않았습니다
그래도 진달래 꽃피는 봄이 오면
그곳에 추억을 만나러 가봐야겠습니다
그녀의 진달래 꽃 미소가 피어있겠죠

새벽

새벽 산책길
보드라운 가을바람이
살포시 어깨를 감싸 안고
토닥토닥 거린다

커다란 상수리나무 위
다람쥐 한 쌍 오르락내리락
노오란 편지 한 장
땅에 떨군다

얼른 주워 펼쳐 읽어 보니
노오란 가을이다

저만치 앞서가던 바람
흔들흔들 손짓한다
커가란 나무를 흔들어
가을을 땅에 쏟아 놓는다

얼른 주워서 보니
자줏빛 토실토실한 가을이다
새벽 산책길 엔 가을이
여기저기 떨어져 있다

고향집

고향 가는 길 설레는 마음, 해마다 이맘때 즈음에
꽉꽉 막히는 고속도로를 거북이처럼
엉금엉금 기어서 느릿느릿 간다

향수에 젖어드는 시간
하늘과 맞닿은 산 아래 첫 동네
섬진강 맑은 물 휘돌아 흐르는
징검다리 건너 해 뜨는 마을
어릴 적 해지는 줄 모르고 친구들과 뛰놀던 뒷동산
어서가자 보고 싶다 내 고향
지지쑥국, 지지쑥국
산새 울고 그리운 내 고향

집에 도착하니
어둑어둑 우리 집 굴뚝에선 하얀 연기 모락모락
사립문 밖에서부터 어머니, 어머니 큰 소리로 부른다
저 왔어요, 어머니
아이야 내 새끼들 왔구나
눈물 글썽 버선발로 뛰어오신 어머니
음 어머니 냄새
우윳빛이 향기 너무 좋다
어머니의 향기는 고향의 향기랑께요
오랜만에 산촌 고향집은
손주 녀석들의 웃음소리
새소리 흐르는 물소리
솔바람 소리로 시끌벅적하니 정겹다
고향집은 우리의 추억에 집이다

목소리 2

광화문에 있는
세종대왕 님 동상 앞
횡단보도를 건널 때
귀에 익은 목소리가 들린다

항상 길조심하고 차 조심하고
일찍, 일찍 들어와라
하시는 울엄니 목소리
사탕처럼 달콤한 목소리

울엄니 눈에는
아직도 어린아이 학교 보낸 듯
불안 하신가보다

내 나이 오십 구세
낼 모래면 육십인데
혼자 중얼중얼
네
엄니
길조심하고 차 조심하고
일찍, 일찍 들어 갈께유

포구

마음 따라 구름 따라
바람타고 둥둥둥

십리포, 백리포, 천리포, 만리포, 구름포, 몽산포, 삼길포

바닷길엔 인생의 들고나는 포구가 있다

우리는 걷는다, 그 길을
때로는 거센 폭풍우
어떤 때에는 유리알처럼 잔잔하다

하루 이틀 사흘 나흘
일주일 보름이 지나고
십년 이십년 세월이 흐르고
꽤나 많은 시간이 간다 해도
걷는 길은 외롭지 않으리라

파도소리, 바람소리, 갈매기의 울음소리는
내 마음에 밀물처럼 밀려왔다
썰물처럼 밀려간다

쓰르르 쓰르르 쓰와쓰와 쓰르르

하늘 바다 산 구름
들려오는 목소리들이
가슴에 와 닿는다

바다

아, 보고 싶은
바다를 만나러 길을 나선다

가는 길가에는
가녀린 코스모스가 하늘하늘 거린다

두둥실 떠가는 오색구름
마음을 몰고 앞장서 흘러간다

아 봐도 봐도 그리운 바다여
해가 떠오르는 바다
붉게 물들어 노을 지는 바다
너무나도 황홀하여 무아지경에 빠지고 만다

아 봐도 봐도 그리운 바다여

달맞이꽃

이 한밤이 다가도록
달을 사모하던 노오란 달맞이꽃
목이 아프도록 달 사랑뿐이라네

보름달처럼 둥근 꽃잎 펼쳐
한밤을 그리움으로 지새우고
여명이 밝아오고 동쪽하늘에
해가 산을 넘어 밝은 빛을 비추자

달처럼 둥근 꽃잎 오므리고
잠이 드는 노오란 달맞이꽃

눈뜨면 보이는 달바라기 사랑
사랑이란 말은 참 많기도 하지

목이 아프도록 달을 사모하는
달맞이꽃 같은 사랑하나 있으면
먼 꿈길에서라도 행복하겠지

강물은 흘러가버리면 다시 오지 않듯
이미 아득히 흘러가버린 세월 속으로
그대는 떠났는데도

왜 그대 생각 이리도 깊은가
사모하는 마음 달맞이꽃 사랑처럼
마음 언저리를 맴돈다

누님에게서는 엄마 냄새 꽃향기가 났다

쪽빛 하늘에 그림을 그리듯
칠해 가는 삶의 여로

초록 나뭇잎이 불긋불긋
대추알이 발그스름한
가을이 오면 누님 생각이 난다
늘 어린 동생을 포대기에
들쳐 업어 키우시던 누님

우리 누님은 너무도 고와서
누님에게서는 꽃향기가 났다
누님, 누님
누님에게서는 왜 엄마 냄새가 나는 거여

꼭 국화꽃 향기가 나는 것 같았다
난 누님 냄새가 좋다며
언제나 누님 곁에 서 있었다

지독하게 가난하여 배고픈 동생들이
칭얼대면 도랑에서 손으로 물을 떠서
먹여 주시던 누님
그 도랑물은 달디 달았다

나는 꿈을 꾸네
그 시절 그 추억 뭉게구름 속 같은 고향산천
지금도 눈에 선한 그 시절 그 추억 그리워라
우리 누님에게서는 엄마 냄새 꽃향기가 났다

가을이 오면 그녀가 그립다

오며 가며 만나는 포도밭
잎이 나고 꽃이 피고 열매를 맺었으니
포도 송이송이 마다 알알이
달콤한 쪽빛 사랑을 속삭인다

꽃잎 떨구듯 스쳐가는 인생사
그녀가 떠났다
이맘때면 늘 그녀가 그립다

구수한 멸치와 다시마 국물로 우려낸
뜨끈한 국물을 좋아했던 그녀가 그립다
멸치와 다시마 국물에 곱빼기 국수 한 그릇
배를 두둑이 챙기고 삶의 터전 일터로 간다

황금 들녘 오곡들은 너무도 무거워
고개가 땅에 닿을 지경이다

코스모스가 흐드러지게 핀 꽃길에는
여리여리한 그녀가 꽃으로 피어나 있다
가늘 가녀린 그녀는 비와 바람에 한들한들
애달프게 흔들리고 있다

가을이 오면 그녀가 그립다

산 숲에 꽃향유 진한 가을향기 전해줄때면
그녀가 남긴 마음의 향기는 내 가슴에
은은한 가을 향기로 다가온다
가을이 오면 그녀가 그립다

산다는 것은

산다는 것은 무엇일까
솔직히 모른다
신만이 아시겠지
부자나 가난한 자나,
잘난 놈이나 못난 놈이나 만족함이 없더라
부자는 부자인 만큼 더 채워야 하고
가난한 자는 부자가 되기 위해 채워야 하고
인간의 욕망은 채워도, 채워도 채워지지 않는 것

수 많은 사람들과 이야기하며 지내다가도
결국엔 혼자라는 사실이 외로울 수밖에 없다
나는 나이고 너는 너이다
네가 내가 될 수 없고 내가 네가 될 수 없다
산다는 것은 별것 있겠는가?
잘나본들 얼마나 잘나고 못나본들 얼마나 못났겠는가?
다 도토리 키재기 아닐까

너무 잘난 척 으시대지 말고 못났다고
기죽지 말게나
산다는 것은 호흡이라네
호흡이 멎으면 그만이라네
우리의 조상들이 다 그렇게 살다갔지 않은가
산다는 것은 호흡이라네
숨이 멎으면 그뿐 젊으나 늙으나 끝이라네
그렇다고 그것으로 끝은 아니라네

저 들꽃을 보게나
화려하게 피었다가 쉬지더라도

그 꽃씨는 죽지 않고 살아서 영원하듯
우리네 인생도 같은 것이라네
호흡이 끊어지고 죽은 것 같지만
죽지 않고 살아서 영원한 것이라네

산다는 것은 그런 거라네
그 때를 기억하지 못해도
피고 지고 피고지고 하는 것이 아닐까?

마음의 통장에 행복을 저축했다

행복이란 말은
누구나 좋아하는 말
행복이란 말을
가방속에 넣어가지고 다닌다
불행하다고 생각이 들 때마다
꺼내어 쓴다

행복이란 말을
항상 곁에 둔다
그러면
가난해도 부자가 된 느낌이다
돈을 주고도 살 수가 없기 때문이다

행복이란 말은
언제 어디서나
꽃 향기가 난다

행복이란 말은
부자라는 말보다 더 좋다
나는 오늘도 꽃을 보며
하얗게 내린 눈을 보며
마음의 통장에 행복을 저축했다

소나무

가을 하늘빛이 좋은 날
맑은 숲 바다를 그리며 신두리 해안사구 곰솔나무 숲길을 찾았다
일만 팔천 년 동안, 바람은 보드라운 금빛 모래를 실어 나르고
그 속에 신비한 보물을 감춰 버렸다
모래땅에서는 식물이 살 수 없을 것 같은데
갯그령 사초 갯메꽃 해당화 모래지치 등
꽃들이 살고 있는 걸 보고 감탄사 연발하며
소나무 숲길 사이로 불어오는 솔바람이 정겹고 사랑스럽다
바닷바람은 옛 추억을 한장 한장 넘긴다
빽빽하게 울창한 곰솔나무 숲은 소나무
진한향기 숲의 좋은 향기를 선물한다
저 어머니 품속 같은 정겨운 바다에서는
낯설지만 좋은 이가 왔다며 파도소리가 애인처럼 다가왔다

쓰와쓰와 쓰르르 쓰와쓰와 쓰르르
쓰와쓰와 쓰르르 쓰와쓰와 쓰르르

해안 둘레길은 굽이굽이 절경이라
한걸음, 한걸음 울컥하는 푸른 감동이여
빛깔이여 파도치는 가슴 옛 추억과 그리운 정이 스쳐 지나간다
큰 배낭 속 가득 슬픔 외로움, 그리움,
잃어버린 세월 한 가방 묵직하게 지고 왔는데
넓은 바다와 소나무 숲에 내려놓았다

천국이 따로 있나 오늘은 여기가 천국인가 봐
아 파란바다 파란하늘 신이 그린 구름
푸른 솔바람 솔향기에 스르르 꿈속으로 빠져든다

꽃 1

꽃이란 말만 들어도 꽃이 된다
꿈 깨면 아침
꿈 깨면 저녁
일을 하고 남은 시간에 꽃을 만나러 간다

두근두근 설레인다
꽃을 만나러 간다는 것이 얼마나 행복한지
구름을 타고 나는 기분이 든다

꽃이 없었다면 세상은 싱거웠을 거야

소금이 필요해
세상에 쓰레기 같은 인생 말고 소금처럼 맛을 내고
환하게 빛이 나는 해가 되고 싶어, 꽃이 되고 싶어

꽃 속에는 그리움, 눈물, 사랑, 행복이 있었다
어쩔 땐 꽃 속에서 사랑이 피어났고
또 어쩔 땐 그리움이 피어나서 울컥 할 때도 있었지

봄이 와 새싹이 나고 꽃이 피고
여름이 오더니 여름에 피는 꽃이 있어
참 좋았더라

가을 오니 가을꽃들이 피어나서
가을향기를 파란 하늘로
높이, 높이 날려 보냈고

사계절 피는 꽃이 있어

참 좋았네

사람이 태어나서 아기 때는 티 없이 맑은 영혼이었는데
청춘을 지나 나이 들어 늙어지니 시들은 꽃잎 같더라
오래도록 피고 지는 백일홍, 일일초

어쩌면 우리네 인생도 오래도록 피고 지는
꽃이 아닐까 생각해본다

꿈을 깨면 아침
꿈을 깨면 저녁일지라도

파란 가을 향기 나는
가을꽃이 있어
참 좋았네

섬

고운 햇살 살랑살랑
가을바람 하늘과 손잡고
내 가슴으로 들어와
술을 마신다

파도치는 바다를 마신다
독한 술을 마신다
외로운 섬을 마신다

독한 술을 마신 나는 파도가 되어
깨어지고 부서진다

외로운 섬을 마신 나는
파도치는 바다 한가운데 섬이 되어 우뚝 서 있다

바다가 술을 마신다
부딪치고 깨어져도 언제나 그 자리

섬이 술을 마신다
파도에 얻어맞아 깎기고 부서져도
섬이라서 언제나 그 자리

바다가 되고 싶다
섬이 되고 싶다
바람이 되고 싶다
새처럼 날고 싶다

파도

오래전 청산도 목섬 갯바위
높은 곳에 텐트를 치고 5박6일 일정으로
바다낚시를 즐기고 있었다

감성돔, 놀래미, 우럭, 학꽁치, 고등어 등
다양한 바다어종을 낚아 올려 회도 즐기고
매운탕도 끓이고 행복한 시간이었다

그런데 일정 중에 마지막 날 오후3시경
바람이 터지고 산만큼 큰 파도가 휘몰아쳤다
낚시도구며 가방 텐트 살림살이를 몽땅
큰 파도가 바다 속으로 끌고 가버렸다
갑작스런 너울파도에 놀라
입을 다물지 못하고 멍하니 바라만 보았다

사오십 미터 높이까지 파도가
올라올 줄은 꿈에도 생각하지 못했다
예보에도 없던 갑자기 불어온 돌풍이었다
정말 어마어마한 파도였다

이날저녁 청산도 아는 지인 집으로 돌아와
티브이를 보니 갑자기 불어온 돌풍으로
여러 명의 낚시꾼들이
부산, 신안 등 전국적으로 실종되었다는 뉴스가 나왔다

정말이지 자연의 힘은 초자연적이었다
그때 이후로는 항상 유비무환
한 번 더 안전을 생각하게 되었다

벌초

조선낫을 쓱쓱 싹싹 갈아 날을 세워
신문지에 돌돌 말아 배낭에 넣고
어둠을 가르며 새벽길을 달린다

산을 오르다 잡풀우거진
어느 이름 없는 무덤가에 앉는다
그의 자손이 누구인지 몰라도
여태껏 벌초 하는걸 보지 못했다

울아부지 산소 가는 길에 있는 그 산소를
그냥 지나치지 못하고 매년 이 무렵이면
벌초를 해주고 지나간다

벌초를 마치고 울아부지 잠들어계신
산소에 도착하니 점심때가 되었다
너무나 편안한 무덤가에 앉아서 보니
황금빛으로 물든 대여섯 송이의 꽃들이
흘러가는 구름 아래서 바람에 흔들린다

무덤위에 잡풀들과 가시나무들을
조선낫과 맨손으로 싹 다 베어내고 나니
산소가 깨끗해졌다

소주 한 잔을 따라 올리고 한동안
무덤속의 울아부지랑 이야기꽃을 피웠다
해는 붉게 물들어 뉘엿뉘엿 산을 넘고
불러도 대답 없는 구름만이 흘러가고 있었다

무릇꽃사랑

그대 그리 섭섭히 떠나던 날
짙푸른 잎새들 사이로
쏟아지는 금빛 햇살은 그리움이었습니다
요즘 꽃들을 보면 꽃이 눈으로 들어오지 않고
마음속으로 들어옵니다
새소리, 바람소리, 물소리, 풀벌레소리도
귀로 들어오지 않고 마음으로 들어옵니다

길을 걷다가 좋아하는 꽃들을 만나면
그냥 감사해서 울컥합니다
왜 이러지
그리운 마음 지우려고 운동화 끈을 조여 매고
길을 나섭니다
가는 길에 길벗이 되어주는
바람, 하늘, 구름, 산, 숲, 강들이 마음속으로 들어옵니다

가는 길에 길벗이 되어주는 사위질빵 꽃이랑
무릇 꽃이랑 등골나물 뚝깔꽃들이
손 잡아주고 웃어줍니다

무릇 가녀린 꽃대에 송이송이 맺힌 사랑
진분홍 그 사랑이 가을바람에 흔들립니다
길가에 피어난 무릇 꽃들이 가을가을
손 흔들어줍니다

행복이 보이지 않은가

오늘 비와 함께 온 것은
그리움 외로움이 아니라 가을이다

앞산자락을 휘감아 도는
자욱한 안개가 산을 데려갔다
그리움도 외로움도 자욱한 안개가 데려갔다
바람에 안개는 사라지고 맑은 산이 보인다

언제나 따스하고 다정한 해가 방긋방긋
하늘과 손잡고 구름과 벗하고 나무와 애기하며
들꽃 향기에 취한다

가슴 한 귀퉁이가 그리울 땐
들꽃들과 마주보고 애기하며
울고 싶을 때에는 비를 불러 크게 소리 내어 울게 하고
마음이 답답하고 막힐 땐 바람을 불러 통하게 한다

가슴엔 숲을 담고 꽃을 담고
새소리 바람소리 풀벌레소리 주워 담아
집으로 와 왕멸치 시래기 국에
잡곡밥 한 그릇이면 어느 부자 나라님들 부럽지 않으리

돈 많은 부자는 아니어도 이만하면 되는 것 아닌가?
그런데 왜 욕심을 내는가?
이 사람아, 행복이 보이지 않은가?

술 1

하늘이 소리 내어 울고 있다
엊그저께 떠난 친구 그리워 우는가?

술이 고파 우는가?
하늘이 소리 내어 슬피 우니
땅은 흠뻑 비를 맞고 젖어 울고

이런 날에는 막걸리하고
부침개와 열무김치가 딱이야

술이 나인지 내가 술인지
비야, 비야 밤비야 밤새도록 울어보자

땅이 젖고 내 마음이 젖어 울 때까지 내려라
어찌 내 마음을 알고 속 시원하게 내리는가!

술이 나인지 내가 술인지
빗물인지 눈물인지 밤새도록 마시자
속이 시원해지도록 마시자

가로등

낮에는 쉽니다
밤에만 일합니다

눈이 오나 비가 오나 바람이 불어도
꽃이 피고 지고
나뭇잎 푸르고 단풍 들어도
환하게 불 밝히고 일합니다

모두가 잠들어버린 시간에도
달과 별도 꾸벅꾸벅 졸고 있는 밤에도
혹시 길 잃은 사람 있을까
길잡이가 되어주는 가로등 입니다
그녀가 매일매일 오고가는 걸 보았습니다

그녀가 슬픈지 기쁜지 알 수가 있었습니다
비오는 날엔 우산을 받쳐 들고 오는걸 보았고
낙엽이 지는 날에는
사그락 사그락 낙엽을 밟으며 오는 그녀를 보았습니다
눈 내리는 날엔 하얀 눈 맞으며
노래하며 뽀드득뽀드득 걸어오는걸 보았습니다

사계절이 오고가는 걸 보았습니다
낮에는 쉽니다
밤에만 일합니다

언제나 같은 자리에서 길잡이가 되어주는
가로등 입니다

밤의 나비

어둠이 찾아오자
창문이 열리고 희미한 불빛이 보인다
외로운 밤의 나비는 한줄기 빛을 따라
그녀들이 살고 있는 집으로 들어왔다

나비는 어두운 방안에 불을 켜고
팔랑팔랑 날아와 음악을 지휘하다
잠든 사람의 지휘봉에 앉아 잠을 깨우니
다시 연주가 시작되고 역시나 잠들어있는
숙녀 분들의 가슴에 내려앉자 그녀들은
아름답고 우아하게 춤을 추었다

한 남자가 계단을 뚜벅뚜벅 걸어오다
계단에 앉아 떠난 친구를 그리워하는
나비를 모자 속에 가뒀다
집으로 찾아온 남자가 모자 속에서
나비를 꺼내 환한 불빛 아래 놓아주자
밤의 나비는 꿈을 꾸듯 춤을 추었다

오늘은 그녀가 쓸쓸히, 쓸쓸히 떠났다
사람이 살아가면서 누군가를 떠나보낸다는 건
아프고 외로운 것인가 보다

밤의 나비는
어둠속에서 가로등 불빛사이로
춤을 추듯 꿈을 꾸듯 세월 열차를 타고 떠났다

하늘과 나

하늘은 언제나 변함없이 그 자리에 있었습니다
그 고마움을 모르고 살고 있었는데
어느 날부터인가 하늘을 보는 버릇이 생겨
낮이나 밤에도 바람 불고 비오고 눈 내리는 날에도
하늘을 봅니다

높고 파란 하늘 구름 한 점 흐르지 않는
맑고 푸른 하늘을 보면 근심 걱정이
싹 다 사라지곤 했습니다
정말 거짓말처럼 마음이 맑아지는 걸 느끼곤 했는데
하늘을 하루에 한 번씩이라도 볼 수 있다는 것이
얼마나 감사한지

어떤 날에는 파란 하늘에 멋진 그림이 그려지는데
그 그림은 아마 신이 그린 그림일겁니다
경이롭고 아름다워 감탄사가 절로 나옵니다
하늘과 나 언제 부터인가 서로 마주보는
사이가 되었습니다

괭이밥

작달막한 키에
하트모양의 동그란 꽃과 잎

노란꽃잎 언제나
웃음을 머금고 있어 예쁜 꽃

길가에 피어나도 환하게 웃고
풀숲사이에 피어도 큰 꽃아래 피어도
언제나 환하게 웃어주는 꽃

지나는 이 눈길 한번 안주어도
바람 따라 흔들흔들 비오면 비를 맞고
귀여운 아가 놀듯 잘도 노네

밤하늘에 별님과 마주보고 애기하며
그렇게 웃고 있는 꽃 괭이밥

소나기

화살촉 같은 섬광이 번뜩이고
포탄이 터지는 듯한 소리가 들린다
쿠르릉 쿵쾅 쿠르릉 쿵쾅
귀가 멍멍한 천둥소리
타는 듯한 도시의 빌딩 숲을 흔든다

잠든 아기, 잠이 깨고 놀란 엄마
아기를 꼭 안아준다

지구를 태울 듯이 뜨겁던 태양도
화살촉 같은 섬광 번뜩임에
귀가 멍멍한 천둥소리에 놀라
캄캄한 어둠속으로 숨어들었다

갑자기 밤처럼 어두워지더니
바람이 새카맣게 구름을 몰고 와
너무나 뜨거웠다며 장대 같은
눈물을 왈칵 쏟아냈다

흐르는 것은

물은 흐른다
언제나 낮은 곳으로
높은 곳은 쳐다보지도 않는다

개울물은 돌과 돌 사이
여울여울 돌고 돌아 흐른다

또르르 또르륵 또르르
또르르 노래하며 흐른다

잠자리 떼 빙빙빙 물위를 한가로이 맴돈다
잠자리 떼 날갯짓이 흥에 겨워 여울여울 노래하며 흐른다
인생도 빙빙빙 맴돌다 개울 지나 강을 따라 노래하며
흐르고 흘러 바다로 가는데
우리네 인생은 어디로 가는 걸까

지나는 이 그 누구도 봐주지 않는 강아지풀
바람 불어 흔들림에도 감사한다
인생 사는 게 별것 있나

그냥 흔들리고 누가 봐주지 않아도
그렇게 영글어가며 익어가며 사는 게지

족두리풀꽃

옛 여인네들 시집갈 때
머리에 쓰고 갔던

족두리를 닮은 족두리풀꽃
이른 봄 산 계곡 나무 그늘아래

둥근 잎 펼치고 땅바닥에 붙은 듯
숨어서 피어난 족두리풀꽃

모녀의 정이란 꽃말처럼
어머니와 딸이 보고 싶어

그리워하다 전설같이 뒷마당에
족두리풀꽃으로 피어난 걸까

흑자색으로 피어난 꽃은 귀여운
아가들의 얼굴 같기도 하다

볼수록 매력적인 족두리풀꽃
꽃인가 열매인가

불볕더위

이글이글 바라보는
눈빛이 뜨겁다

머리위에 와 닿는
불타는 그리움 뜨겁다

하늘을 날던 비둘기
통닭 비둘기 되어 떨어지니

그대의 뜨거운 사랑
너무 뜨거워서 녹는다

도시의 아스팔트 빌딩 숲
후끈한 열기 가슴이 탄다

타다가, 타다가
쩍쩍 갈라진 가슴

그대 사무치는 외로움
고독 불처럼 뜨겁다

침잠하는 내 영혼
고요한 새벽이 그립다

수선화

긴긴 겨울
하얀 솜이불 덮고
포근히 겨울잠에 빠졌지

살랑살랑 봄바람 부니
부스스 잠에서 깨어

초록치마 입고 피어난
노란 얼굴 수선화 곱기도 하지

꽃피는 사월에
춘설이라니 수선화야, 수선화야

보드라운 그 꽃잎
어찌할까

개구리밥

동글동글 한 초록잎
수정같이 맑은 물위에
둥둥 떠 있으니
한 폭의 그림 같아서

나직이 엎드려
맑은 마음으로 들여다봅니다
퍼즐조각 모양들이
물위에 둥둥둥 떠다니다

뿌리를 내리고 겨울에는
땅바닥에 가라앉아 죽은 듯
살아서 물위에 그림을 수놓습니다

개구리밥은 바람 부는 데로
흐르고 흘러도 노래합니다
이리저리 밀려가고
밀려와도 노래합니다

맑은 마음으로 노래를 합니다
어여뻐라, 어여뻐라
물위에 둥둥둥 개구리밥

꽃범의꼬리

하얀 백호들이
풀숲에 앉아서

꽃같이 고운꼬리를
살랑살랑 흔들어 보인다

고요한 풀숲에서 만난
백호는 순하디 순하다

깨끗하다 하얀 꽃향기가
향긋하다

벌, 나비도 찾아들고
바람도 살랑살랑
하얀 꽃범의꼬리

순하디 순한 그 향기 그 미소
하얀 사랑에 스며든다

여행

뜨는 해의 햇살과 지는 해의 노을빛이 너무 좋아
우두커니 바라보다가
가슴은 노을빛으로 물들고 말았다

아기가 태어나면서 부터 여행은 시작된다
처음에는 그냥 웃고 울고 티 없이 맑다
천사가 있다면 아기의 모습과 웃음일 게다
그 모습 그대로가 천사이니까 말이다

초 중 고 대학을 거치며 유년시절이 지나고
청춘을 지나서 나이 들어가며 인생살이와 부대끼며 살다보면
어느새 천사의 모습도
점점 더 희미해지고 어두워진다

세상살이의 여행은 긴 것 같지만 짧다
삶이 어른이 되어서도 아기 때 모습이라면
그 자체가 천사의 모습이니 얼마나 좋을까
하지만 쉬 세월은 흘러 나이 들고 늙어
천국 갈 시간이 가까우면 자기가 행한 대로
받게 되니 잘 살아야겠다

아기 때의 모습은 아니더라도 마음속에
천사의 마음하나 간직하고
삶의 여행을 걸어간다면
뚜벅뚜벅 걸어온 여행길이 외롭지 않으리라

아버지 1

새벽 별보고 나가시고 해가지고 달과 별이 뜨는 밤에
달과 별을 등에 지고 들어오시던 아버지
올 칠월 달 날씨가 유난히도 찜통더위다
이렇게 용광로처럼 달궈진 날에도
아버지는 고층 아파트 외벽에 대롱대롱 매달려
밧줄 하나에 몸을 의지하고
흐르는 땀을 손으로 훔치며 덩치 큰 건물에 그림을 그려 넣으니
때 묻은 건물이 환하게 미소 지으며 새 옷으로 갈아입는다
온 몸으로는 땀이 비 오듯이 줄줄 흐르고 있었다

이정도 쯤이야 울엄니생각 각시생각 새끼들 생각하면
이렇게 일하는 것이 즐겁기만 하다 하하하 라라랄라
입에서 단내가 나고 몸속에서 페인트 냄새가 나도
건물이 환하게 화장되어지는 모습을 보면
어느새 화가가 된 듯 마음은 파란 하늘색이 된다

당신의 그 투박한 손은 황금의 손입니다
페인트칠을 하는 기술자이신 당신의 손길이 스치기만 하여도
영혼이 살아 숨 쉬는 예술이 되고 사랑이 되니
사람들은 당신의 기술을 필요로 했지요

그 투박한 손 가족을 사랑하는 손을
잘 몰랐을 적엔 부끄러워했는데 이제야 알았습니다
아버지 당신의 그 투박한 손 황금의 손은
사랑의 손이라는 걸 말입니다
아버지 고맙습니다, 사랑합니다

아침 1

여명이
밝아올 때
새들의
지저귐이

창을 열고
잠을 깨우니
새로운 날들이

노랫소리로
들려와
행복
하더라

인생

후,
하고
불지
말아요

힘겹게
버티고
있어요

얼마
남지 않은
인생이
날아가면
슬퍼요
후

대나무 2

영차, 영차 죽순이
쑥쑥 땅을 밀고 올라와
빠르게, 빠르게 자란다

하늘 향해 쭉쭉 뻗은 대나무
위로, 위로 오르고 올라가서
좌로나 우로나 기울지 않고
오로지 하늘바라기

봐도 봐도 좋은 대나무 숲길
느릿느릿 느림보 나무늘보 되어
천천히, 천천히 걷는다

이보다 더 좋을 순 없다
대나무를 끌어안고 귀 기울인다
금방이라도 하늘의 연주가
들려 올 것만 같다

세상에서 가장 아름다운
연주가 땅속에서부터
하늘 향해 들려온다

행복

숲속의 새빨갛게
익은 산딸기가
큰 소리로 불러 갔더니

바람이 구름을 몰고 와
눈을 들어 하늘을 보라
하늘을 보라 하네

파란 하늘엔 하얀 구름
폭포가 쏟아지고 있었네
또 눈을 들어 하늘을 보라
하늘을 보라 하네

눈을 들어 본 하늘에는
하얀 구름숲이 황홀하네
하늘아 구름아 바람아
외로운 마음 어찌 알고
눈물 나게 하는가!

가버린 시간

막내아들 결혼식 날
주례사가 시작되고

아들이 서있던 자리에
삼십년 전에 내가 서있었다

나의 시간은 거기에서
고장 난 시계처럼 멈췄다

주례사가 끝나고
씩씩하게 걸어 나오다
뒤돌아보니 젊은 아들이
걸어 나오고 있었고

삼십년 전에 젊은이는
머리가 희끗희끗
늙어 있었다

꽃과 나비

꽃보다 어여쁜
옷 한 벌 지어입고
저 파란 하늘을 훨훨 날아

그 먼 바닷길 마다않고
내 가슴에 하얗게 핀
들꽃 위에 찾아 온 나비
풀밭 무대 위를 사뿐사뿐 걸어와
노란나비 한 쌍 사랑의 춤을 춘다

내 가슴에 하얗게 핀
들꽃 위에 사랑스럽게 날아온
왕 팔랑나비 흰나비
아틀란티스 표범나비
덩실덩실 춤을 추네

노란나비
흰나비
왕 팔랑나비
아틀란티스 표범나비

춤을 추네
춤을 추네

파

동그라미
꽃동산 위에
올망졸망 모여 앉은
하얀 천사님들의
노오란 속눈썹이

밤하늘에
반짝이는 별꽃처럼
어여쁘고도
어여쁘구나!

도란도란
하늘의 언어로
나누는 사랑이야기가
정답게 들려온다

왜 가슴이
두근두근
뛰는지 몰라

겨울강

강물은 피아노처럼 맑은소리로 연주를 한다
바싹 마른 갈대는 부드럽고 우아하게 춤을 춘다
겨울 강은 유난히도 쓸쓸해 보이지만
가만히 눈을 감고 들어 보면 신께 드리는 찬송가처럼 들린다
그런 노랫소리는 잠든 영혼을 깨운다
부드럽게 흐르는 그 고운 노래를 그 누가 따라 부를 수가 있을까?

강물은 바이올린처럼 맑고 쓸쓸한 연주를 한다
물이 오른 버들개지는 그 연주에 맞춰
꼬리를 흔들며 부드럽게 춤을 춘다
겨울 강은 유난히도 쓸쓸해 보이지만
가까이 가서 가슴으로 들어보면
우리네 인생살이처럼 들린다
그런 노랫소리는 마음을 울려 애잔하다
부드럽게 흐르는 아름다운 노래를
그 누가 따라 부를 수가 있을까?

겨울 강물 흐르는 소리가 첼로 연주처럼
은은하게 울려 퍼질 때 철새들이 모여든다
누가 시킨 것도 부른 것도 아닌데 어디에서 왔을까?
하늘에서 날아오는 걸 봤어
붉게 물들어 저무는 저녁노을 강가에서
군무를 펼치는 철새들의 춤은 보는 내내
황홀경에 빠져 내 가슴엔 하얀 눈이 내리고 있었다

웃음

아기가
웃으면
엄마가 웃고
엄마가
웃으니
지나는 이도
웃고
당신이
웃으니
모두가
방긋방긋
웃더라

욕심

처음엔
깨알같이 작았었지
점점 욕심이 싹이 나고 자라서
콩알만 해지고 쑥쑥 자라서
수박만 해지고 호수처럼 커지더니
아주 빠르게 자라서
별 달 산 강 바다와
온 세상을 다 얻고도
채워지지 않았으니
욕심은 끝이 없더라
너무 너무 크게 자라서
결국엔 흙으로 돌아가고
말았더라

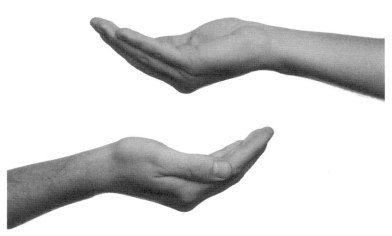

수련

새벽안개 걷히고
연못에 아침 해가 비추면
어여쁜 꽃잎 톡 톡 톡 터져
하늘 향해 피었다가

해가지고 어둠이 찾아오면
꿈나라로 여행을 떠나는 수련꽃

오로지
물이 좋아 물에 살며
일편단심 해님 사랑
해님 사랑뿐이라네

집으로 가야 하는데

산에 미친 나는 떠난다
하얀 만년 설산 히말라야로
아, 가슴 시리도록 푸른 하늘
산과 하늘이 맞닿아 있고,
구름과 바람도 숨이 차서 쉬어가는 산 히말라야

산에 미친 나는 산에 오른다
한 걸음 한 걸음 오르다 쉬어가고,
숨이 턱 밑까지 차오를 때 위대한 창조주를 만난다
자연 앞에서 먼지처럼 작아지는 나를 보고 숙연해진다

히말라야 정상부근에 다 왔을 때 거센 눈 폭풍이 휘몰아친다
그만, 크레바스에 빠져 끝도 없는 낭떠러지로 추락하는 나의 육신
커다란 얼음산에 부딪혀 박살이 났다
박살 난 몸에서 영혼이 빠져나온다

낭떠러지 아래로 떨어진 꿈이 슬퍼 울었더니
꿈들은 푸르스름하게 얼어버렸다
고향에 돌아갈 수 없어서 울었더니 눈물이 파랗게 얼어버렸다
나의 영혼도, 꿈도, 희망도 히말라야에서 한 송이 얼음꽃이 되었다

집으로 가야 하는데 갈 수가 없다
크레바스에 빠진 아시아의 영혼들은
비취의 빛나는 보석이 되어
수억 만년에 한번 피는 영혼의 꽃이 되었다

술2

술, 술, 술
잘도 넘어 가지
술이 술을 먹고
남의 술도 내술 되니
햐, 캬, 크……
너무
술술 마시면
하늘이 내려오고
땅이 올라오며

술술
전봇대가 쓰러지고
술
으ㅎㅎ
왜 세상이 도냐

술, 술, 술
너무
마시면
다시는 못 오는 길로 간다네

으ㅎㅎ
술술 술이로구나

바람

바람
바람 너는 누구냐
얼굴도
안 보이고 힘도 엄청 센가 봐
잔잔한 물위에 나타나면 물결이 일다
파도가 치고

나무 근처에 나타나면
나뭇잎 들을 살랑살랑 흔들어
춤추게 하는 너는 바람
바람
바람 너는 누구냐
얼굴 좀 볼 수 있을까?

닭의장풀꽃

야!
너의 얼굴빛이 하늘빛이로구나
파란 하늘색을 닮은 모습 참 곱구나
가슴이 왜 두근두근 거리는지 몰라

턱을 괴고 앉아 보고 또 봐도
하늘빛을 닮았어
참 곱구나
봄꽃들이 피었다고 설레이던 때가
엊그저께이었었지

오월도 막바지에서 꽃잎 떨구고
자꾸만 뒤돌아보며 가는데
가는 세월이 허전 할세라

파란 하늘빛으로 피어나 마음 설레게 하는가?
닭의장풀꽃 너는 아마도 신께서 키운
들꽃이라 더 맑고 고운 빛일 거야
너 있는 그 자리는
파란 하늘 빛 꽃이 핀다

들꽃

들꽃을 찾는 이들 마다 웃음꽃이 피더라
꽃을 찾는 마음엔 기쁨이 가득하더라
그래서 꽃인가 보다

들꽃을 보면 말이지
이 꽃, 저 꽃, 이 풀, 저 풀 다 모여 피잖아
그런데 꾸미지도 않고 다투지도 않고
잘난 척 않으며 미워하지도 않으며

자연스럽게 작으면 작은 대로
크면 큰대로 서로 기대어 살잖아
바람 불면 바람 따라 흔들흔들
비가 오면 흠뻑 비를 맞고 그렇게 살아가지

난 그래서 들꽃을 좋아하나 보다
그렇게 서로 기대어 피어도 아름답거든
들꽃이 피고 지듯 잠시 왔다가 가는 인생
들꽃처럼 살다 가고파라

꽃 2

자연은
자연스럽게 아름답고
모래땅에서도 꽃은 피어나고

꽃은 어느 장소에서 피어나도
아름다운 꽃이다

그곳이 어느 장소이더라도
환하게 빛이 난다

꽃을 사랑하는 사람은
얼굴빛이 광채가 납니다

마음속에 꽃이 피어 있기
때문입니다

오월의 장미

봄비 그치고 장미꽃이 활짝 피었습니다
내 가슴 두근두근 떨리게 아름다운 장미
오월에 피는 장미가 아름답고

향기로운 꽃이듯이
우리네 삶도 장미처럼 아름답고
향기로운 삶이라면 참 좋으련만

내 사랑하는 사람들이여!
오월에 피어난 아름답고 향기로운
빨간 장미를 받아주오

토끼풀

지나는 이들 눈길 한번 주지 않네 그려
언제부터인가 손에 든 스마트폰 세상
누르면 가고 오는 편지
입력만 하면 척척 길도 알려주는
영리하고 똑똑한 손에 든 스마트세상

길을 걸으면서도 똑똑똑
저마다 손에 들고 보며 버스 안에서도 똑똑
전철 안에서도 똑똑똑
스마트 세상에 푹 빠진 사람들아

여기 좀 잠깐만 봐줄래
행운의 토끼풀
키 작은 토끼풀꽃을 좀 봐
예쁘지
우리 풀꽃반지 꽃시계를 만들어 볼까요
네 장의 행운의 토끼풀도 찾아보고

그전에는 눈에 잘 띄더니만
네 장의 토끼풀 잎 행운의 잎
요즘엔 왜 안 보이는 걸까?

스마트폰 하나 있으면 세상을 다 본다 하여도
스마트폰은 이따가 보시고
토끼풀꽃 세상에서 잠시나마
쉬었다가 가시게나

개갓냉이

하늘엔 하얀 새털구름이 흐르고
내 마음엔 따뜻하고 포근한
봄바람이 불었지

난 네가 보고 싶어 맑은 물이 흐르는
실개천을 찾아 갔었지
개갓냉이 넌 깨알같이 작고 예쁜
꽃을 피우고

맑은 물이 흐르는 그곳에 앉아
피라미와 붕어 수영하는 모습 보며
실개천이 들려주는 노랫소리 들으며
또르르 또르르 돌돌돌 졸졸졸

실개천이 흘러가며 불러주는 그 노래
아름다운 노래 들으며
개갓냉이 넌 방긋 웃음으로
나를 반겨 주는구나
개갓냉이야 참 예쁘구나

은방울꽃

너와 나
고요한 숲속에서 만났지
널 처음 본 순간 첫눈에 반해 버렸지
넌 하얀 미소 띠며
사랑의 향기를 날려 보냈지

그 사랑의 향기는 너무나 향기로웠지
난 그만 좋은 향기에 취하고 말았어
시간이 가는 줄도 모르고
은방울꽃 너와 사랑의 춤추고 놀다가

해는 저산 너머로 뉘엿뉘엿 저물어 가는데
가야지 가야지 가다가는 다시 오고
또 저만치 가다가 다시 오고
이를 어쩐다냐

가다가 보고 싶어 다시 오고
은방울꽃 너의 어여쁜 모습 다시보고
이제는 진짜 간다하고

가다 가다가 다시 오는 이 마음을
어찌하면 좋을까
은방울꽃 넌 누구냐
왜 내 마음을 잡아당기느냐

사랑 1

잠든 마음아 일어나 눈을 떠라
고요한 아침 따사로운 햇살 비추면
들꽃이 깨어나듯이 잠에서 깨어나라

마음아 즐거워하라
들꽃이 환하게 피어나듯이
환한 웃음으로 피어나라

마음아 사랑하여라
들꽃을 사랑하듯이 그렇게
우리서로 사랑해 보자
그날에 아름다운 사랑의 꽃으로 피어나보자

꽃을 찾아 1

산들바람 산들산들 불어오는 산골짜기에서
이름 모를 야생화를 만나
시간 가는 줄 모르고 무아지경에 빠져
친구 되어 놀다보니 해지는 줄 몰랐네

포근한 숲속에 아름답게 꽃을 피워
너와나 만났으니 이 얼마나 좋은가
들꽃아 나는 너에게 행복을 얻어가니
이 세상 그 무엇이 부러우랴

나는 이제 나의 보금자리 찾아가고
너는 곧 꽃잎 떨구고 질 터인데
그리워서 어찌할까
보고파서 어찌할까

새 봄까지 애달파서 어떻게 기다릴까?
아름다운 들꽃들이여
만남도 잠시 헤어짐도 잠시
너의 어여쁜 모습 내 마음에 담아놓고
보고 싶고 그리울 때 꺼내서 볼께~

산앵두

어여쁜 얼굴 동글동글한 눈
긴 속눈썹 방긋 웃음이
어쩜 이렇게나 고울까?

보는 것만으로도
왜 가슴이 콩닥콩닥 뛰는지 몰라

어찌 된 일인가?
넌 분명히 산앵두 꽃인데

풋풋한 소녀
아리따운 소녀로 보이니 말이야

이것
큰일 났네

내 마음 내 눈이 고장이 났나 봐요
산앵두

할 말이 있어

지독한 그리움 하나 남기고
아득히 먼 곳으로
여행을 떠난 당신
보고 싶어도

가슴이 아파도, 아파도
울지 않았는데
오늘은 말이지
당신이 너무 보고 싶어
아이처럼 엉엉 울고 말았어

당신도 하늘에서 나를 보고 있겠지
기분이 좋으니까 자꾸 눈물이 나네
당신과 함께한 세월이 얼마인데

나
또 당신 생각나면 울지도 몰라
보고 싶다
내 꿈속에 찾아와줘
할 말이 있어

각시붓꽃

온갖 꽃들이 만발하여 피고지고
새들의 사랑노래 들려오는 숲속에
이렇게도 아름답게 피어났을까?

연초록 치마 초록 저고리 입고
보라색 고운얼굴엔 화사한 미소 띠어
지나는 길손들의 마음을 훔치고
사랑의 눈길 머물게 하는구나

각시붓꽃
너는 아리따운 여인인가
참 곱기도 하지

은은한 너의 향기에 취해
달콤한 입맞춤 해본다
보랏빛 고운미소 각시붓꽃 아름다워라

향기는

천리향의 향기는 천리를 가고
만리향의 향기는
만리를 간다고 합니다
아름다운 사람들의 향기는
영원토록
사랑의 꽃향기로 피어 날것입니다

서향나무(천리향)
섬엄나무(만리향)

새하얀 별꽃

노안이 왔나 봐요
눈이 어두워서 그럴까 별이 보이네 그려
그것도 하얀 별이 말이야

들판에 새하얀 별이 보이다니
풀잎사이에 새하얀 별이 내려앉아
반짝반짝 반짝이고 있네 그려
이게 무슨 일일까?

저 아득히 먼 은하수에서
빛나던 수많은 별들이 왜 여기에서 반짝이나

혹시 날 찾아온 천사 별님들일까?
맑고 곱기도 하지
새하얀 별꽃

하얀 민들레 사랑

하얀 민들레 홀씨
바람이 불어 올 때를
기다리고 있어요
홀씨를 매달고
바람을 타고 날아가

그곳에 씨를 떨구어
하얀 민들레
사랑을 피어나게 해야 해요
왜냐면 우리 오빠가 그 사람을
너무나 사랑 하거든요

사랑은 아파도, 아파도 주는 거라나 뭐라나
새로운 사랑을 찾지 말고 지금의 사랑에
사랑 하나를 더하세요

하얀 민들레꽃이 피는 봄이 오면
다시 만나요
하얀 민들레 올림

담쟁이덩굴의 우정

우정이 그리우면 나무나
담쟁이를 타고 올라갑니다
혹시나 친구의 모습이 보일까 싶어
기어서 올라갑니다

그리움가득 너의 모습 보고파서
봄부터 초록빛 잎을 내고
여름에 꽃을 피우며 가을이 오면
열매를 맺고 초록잎새 울긋불긋

물들어 가도록 우정이 그리워
담쟁이에 몸을 붙이고
우정을 찾아 올라갑니다

꽃을 찾아 2

꽃을 찾아 나섰던 길
꽃은 보이지 않고 마른 꽃
빈 꽃씨 주머니만 보이네

꽃이 진자리 자꾸 눈길 머물고
벌 나비 찾아들던 화려했던
그날 들은 어디로 갔을까?

텅 빈 들녘에 서면
빈 가슴엔 찬바람만이 찾아들고
괜시리 눈물이 핑 돌아 꽃씨하나 떨군다

아 겨울 꽃도 있었지
마음 다 잡고 돌아선 길
벌써 새봄을 그리워한다

꽃 3

꽃봉오리가 예쁘다 했던 사람
꽃이 피어난다고
행복해 하며 맑게 웃던 사람

그 마음이 꽃 같아서
꽃잎이 떨어진다고 울음 울던 사람
꽃 당신은 꽃

아름다운 당신은 꽃이랍니다

꽃

진달래 꽃

우리 누님
시집가던 날
난 두 눈이
퉁퉁 붓도록 울었습니다

집으로 돌아오는 길엔
온 산에 진달래꽃이
흐드러지게도
피어 있었다네

산에 핀 진달래꽃은
온통
우리 누님의 얼굴로 보여서
가버린 누님을 부르며
어린 나는 얼마나 울었던지

지금도 진달래꽃이 만발하는
봄이 오면
예쁜 누님의 고운 얼굴
진달래꽃이 생각납니다

목련꽃

한 점의 구름도 흐르지 않는
잉크빛 하늘에 하얀 목련꽃
하얀 꽃 송이송이
그리움 담아 피어나서

혹시 님께서 오늘 오시려나
내일 오시려나
기린 목 되어 기다리다
거센 비바람 불던 날

힘없이 떨어진 목련 꽃이여
어찌할까 이 하얀 그리움이
다
뚝뚝 떨어지기 전에
님이여 오소서 어서 오소서

고마운 봄비

부슬부슬 내리는 봄비
꽃잎 떨어질까
감싸 안듯이 오네

흔들리는 마음 다독이며
달콤한 봄 꽃바람 사이로 오네
꽃동산위에 사랑스럽게도 오네 그려

숲속에도 들판에도 내 마음에도
부슬부슬 내리는 고마운 봄비
달콤한 꽃향기를 타고서
꽃구경 나온 고마운 봄비

꽃피는 사월

마음이 외로울 적엔
산에게로 간다
저 하늘 흘러가는
구름도 바람도 벗이로다

새봄이오고
산에 들에 꽃들은 피어나건만
주름진 얼굴엔
꽃 눈물이 맺힙니다

저 산 넘어 가는 붉은 노을은
내 마음을 울리는 구나
아 꽃피는 사월이여

어쩌란 말이냐?
뚝뚝 뚝 떨어지는 건
눈물이 아니요
꽃잎이라네

산당화

따뜻한 봄날
그 햇살이 좋아
앞 뜨락에 나온 산당화 아씨
뜨락에 앉아 뭘 하시나요?

푸른 치마 진홍빛 고운 얼굴
그 아름다움 방긋 웃음에
지나는 길손 마다

기웃기웃
가던 길 뒤 돌아보며
기웃기웃

개별꽃

산길 옆이면 어떻고
돌무더기 위 도토리나무 밑
가랑잎 사이면 어떠랴
나 사는 이곳이 내 집인데

비 오면 비를 맞고 바람 불면
바람 따라 흔들흔들 흔들리며
그렇게
따뜻한 햇살아래 서서
꽃으로 반짝이는 별이 되고파라

아침 2

새벽 네시 덕유산 아래를 지난다

눈망울이 초롱한 별 하나가 따라온다

아니 하얀 달도 따라온다

여명이 밝아오고 아득히 먼 산 빼꼼히

수줍게 얼굴을 내미는 영롱한 해

저 하늘, 저 산을 보라

가슴이 벅차오르지 않는가?

편히 쉬고 난 뒤 맞이하는 해오름 볼 수 있고

느낄 수 있음에 감사하자

고택

서당의 문은 항상 열려 있었다
나 어릴 적 그 옛집, 하루 종일 글 읽는 소리 들리고
할아버지 글을 읽고

하늘천 따지 검을현 누루황
집우 집주 넓을홍 거칠황
날일 달월 찰영 기울측
별진 잘숙 벌릴렬 베풀장
찰한 올래 더울서 갈왕
가을추 거둘수 겨울동 감출장
윤달윤 남을여 이룰성 해세
법측률 법측여 고를조 볕양

할아버지 글을 따라 이 동네 저 동네 사람
젊은이들이 모여앉아
글 읽는 소리가 강물 흐르는 소리 같더니만
어느 날 할아버지, 꽃이 핀다 꽃이 핀다 하시고
그길로 꽃을 찾아 가시더니 다시는 돌아오지 않으시고

글 가르치시던 음성 온데간데없고
고택만이 세월 따라 늙어져
기왓장 위에는 와송꽃이 피었네

그리운 그 음성 아니 들리고
까치 울음소리만 깍깍깍
서당엔 곰팡이 냄새와
거미줄만이 주렁주렁 하네

진솔한

진정 당신이
나를 사랑 한다는 걸 알았네
내가 당신을 사랑 한다는 걸 알았네

솔향기 솔솔
당신 향기 솔솔
우리들의 사랑 향기 솔솔

한번 맺은 우리들의 사랑은
언제까지나 영원하리라

가을

보드라운 가을바람
살포시 어깨를 감싸 안고
토닥토닥 거린다

음마야
기분이 좋은디
뭔일여 바람 니가
커다란 상수리나무 위
다람쥐 한 쌍 오르락내리락
노오란 편지 한 장
땅에 떨군다

얼른 주워 펼쳐 읽어보니
노오란 가을이다

저만치 앞서가던 바람
흔들흔들 손짓한다
커다란 나무를 흔들어
가을을 땅에 쏟아 놓는다
얼른 주워서 펼쳐보니
자줏빛 토실토실한 가을이다

산책길엔 가을이 여기저기 떨어져 있다

악몽

룰루랄라 룰루랄라
배낭여행을 떠났다

혼자서 고요한 숲길을 걸어 얼마쯤 왔을까
해는 저물고 깊은 산속에 텐트를 치고
가지고 온 라면을 끓여 간단하게 소주 한 잔 하고
짐승들의 울음소리 풀벌레소리 들으며
별과 달을 배게 삼아 곤히 잠이 들었다

꿈을 꾸기 시작했다
곰처럼 커다란 거미가 살고 있는 숲속에
들어 온 거야 사방엔 온통 거미줄이고
거미줄 그물엔 거미가 한 마리씩 먹잇감이
걸려들기를 기다리고 있었지

겁에 질린 난 이리저리 왔다갔다 피하다
아차, 그만 거미줄에 걸려들고 말았어

거미줄에 진동이 느껴지자 쏜살같이 다가와
내 몸을 실을 뽑아 칭칭 감고는
얼굴만 빠끔히 남겨놓고 하는 말
아직 배가 고프지 않으니 살려뒀다
내일 아침에 먹어야겠어
헤헤헷

깜짝 놀라 깨어보니 꿈이네 그려
어휴 살았네

바보

누가 나를
형님 하고 부르면
매화꽃 향기가 난다
괜히 술 사줄게 한다

누가 나를
오빠하고 부르면
장미꽃 향기가 나서
괜히 밥 사줄게 한다

나는 누구의 형님이 되고
나는 누구의 동생이 되고 싶다
나는 누구의 오빠이고
나는 누구의 삼촌이고 싶다

저기 떠오르는 해가
바보 같다고 하며 웃는다
저기 떠오르는 달이
바보 같다고 하며
구름 속으로 숨는다

펜타스

내 이름은 펜타스란세올라타
누구의 꽃상자에 실려 왔을까
비행기 타고 하늘을 훨훨 날아

산을 넘고 바다 건너와
대한민국의 중심 광화문에
자리를 잡고 꽃을 피웠더니
반겨 주는 이가 참 많았더라

나 살던 고국산천 그 하늘
그 바닷가 내 부모 내 형제
그리워 그리워하며 꽃을 피우니

비가 내린다 그리워서 비가 운다
이곳 광화문에는 다국적 사람들이
많이 오고가는 곳 혹시라도 내 고향
사람들이 지나가다 쓰담쓰담하면
펜타스란세올라타 반가워서
엉엉 울지도 몰라

노을

파란하늘 도화지 위에
신이 그린 그림인가

붉게 타는 석양의 물그림자
황홀한 가슴 눈이 멀어
넋을 잃고 보았네

잔잔한 호수 그 물빛이 그리워
가만히 비추어 보았네

하늘의 붉은 노을
잔잔한 호수위에 불꽃으로 피어나네

아버지 2

언제나 그윽한 눈빛으로
사랑만 주시던 당신

뒷동산에 들꽃처럼
비바람에 시달려도

늘 들꽃 같은 웃음으로
환하게 웃으시던 당신

흔들흔들 갈대처럼 흔들려도
숨어서 몰래몰래 우시던 당신

별처럼 달처럼 비추어주던 당신
봄에 피어난 꽃이 보고 싶듯
보고 싶고 그립습니다

들에 피어난 들꽃을 보면
아버지 생각에 가슴이
뭉클해져 옵니다

인생은 하얀 백지

하얀 백지위에 인생을 그려본다
욕심을 그렸더니 싹 다 지워지고

명예를 그렸더니 지워지고
쾌락을 그렸더니 점하나
돈 돈을 많이 그렸는데
바람에 날아가 버리더라

그려도, 그려도 하얀 백지 아무리 봐도 하얗다
가까이서 봐도 하얗고
멀리서 봐도 하얗다

오로지 보이는 건 문화연필
한 자루뿐 도대체 이 연필 한 개로
무엇을 쓰고 무엇을 그리라고

에라, 모르겠다 모르겠네
하얀 백지위에 무엇이든 쓰고 그리고 해보자

인생은 어차피 하얀 백지 아닌가?
무얼 그리 가지려 하고 쌓으려 하고 얻으려 하오
남기려 하는가 말일세

어차피 하얀 백지 아니던가?
이 사람아 자갈밭 위에
달팽이처럼 기어가다 말 것을
여기 하얀 백지 한 장 놓고 가네

그리워하다 꽃이 된 사랑

밤이 새도록 몰래몰래
내린 눈처럼 당신을
몰래몰래 그리워하다
꽃이 되었답니다

눈을 떠도 당신생각
눈을 감아도 당신생각
보고 있어도 보고 싶고

잠을 자도 당신생각
꿈속에서도 당신생각

지독한 그리움하나
애달픈 마음하나
핑크빛 팝콘 같은 마음하나

그리워하다 꽃이 된다 해도
꽃이 된 사랑은 꼬리조팝나무
꽃으로 피어나 당신을 사랑
하는 꽃으로 피어날 겁니다

동굴

푹푹 찌던 한낮의 열기도 수그러들고
해가 뉘엿뉘엿
서산 너머로 슬그머니 숨어들었다

어스름한 저녁이 되자
낮 동안 지저귀던 새들도 집을 찾아 들고
갑자기 으스스 하게
찬바람이 휭하니 스쳐 지나갔다

점점 새카맣게 어둠이 짙어질 때에
새도 아니고 쥐도 아닌
황금박쥐(붉은 박쥐)가 하늘을 왔다 갔다
날아다니고 있었다

바라보던 눈길은 박쥐를 쫓아 다녔는데
그 후로 수많은 박쥐들이
동굴 속으로 드나들고 있었다

순간 영화 속에서 나오는
흡혈박쥐 생각이 나서 등골이 오싹했다
걸음아 나 살려라
집으로 내달렸다

함께 하면 된다

너 혼자서는 울지도 못하지
너 혼자서는 노래하지도 못하지
누군가의 손길이 닿아야만
비로소 울고 노래하고 춤을 추지

피아노, 너는 이 세상 모든 슬픔, 기쁨, 희망 다 노래 할 수 있지만
너 혼자서는 아무것도 못하지
누군가의 손길이 닿아야만 울고 웃고 노래하고 춤을 추지

기타 너도 마찬가지, 이 세상 온갖 노래를 다 할 수 있지만
너 혼자서는 아무 것도 못하지
6현에 19에서 21프렛을 넘나드는 너는 슬픔도 기쁨도 사랑도
모든 것을 다 표현할 수 있지
색소폰 드럼 하모니카 트럼펫 등 이 세상 모든 악기들은
슬픔, 기쁨, 희망, 소망, 사랑 그 어떤 것이라도 다 노래 할 수 있지만
혼자서는 아무것도 하지 못한다

숙련된 손길이 너를 만질 때
비로소 노래하고 춤을 추는 것이다
이 세상 모든 악기들과 사람들이
어우러져 노래가 되고 사랑이 되고 인생이 된다
시인이나 소설가 예술가들이
세상을 그리고 노래할 때 비로소
세상은 더욱더 환하게 빛이 난다

아침 3

시원한 아침
투명한 바람이 찾아와
창문을 흔들며
따라오라 하네
작고 귀여운 꽃을 보았다며
자꾸만 손을 잡아당기며
가자하네

땅바닥에 버려진 양심

대한민국의 수도 서울의 차 없는 거리
걷자 서울의 차 없는 길을 걷는 행사에
참여하여 걷는 것은 즐거움이더라

빌딩숲 사이에서 사랑스런 바람이
불어주어 감미롭고 상쾌하다
얼마나 걸었을까 이마 엔 땀방울이
흐르고 있었지

청계천 맑은 물에 발 담그고 미소 짓는
연인들 어린이들의 행복해 하는 모습은
보기도 좋고 멋지더라

골목길 빌딩 앞에 모인 사람들
담배를 흡흡 맛있게 피워대더니
담배꽁초를 휙휙 버리네요

양심을 땅바닥에 휙 하고 버리네
이건 아닌데
땅바닥에 버려진 양심은
누구의 양심인가요

산이나 들 강 바다에다 양심을
버리고 오지 않기를 바랍니다

저녁

어스름한 저녁에
환하게 웃어주던 님

예쁜 얼굴은 달빛같이
부드럽고 달덩이 같이
어여쁘구나

바람도 부러워서
살랑살랑
애교를 부리고 있네

사랑 2

푸른 하늘 푸른 바다
아름다운 하늘엔 하얀 구름
사랑스럽게 흐르고

백사장에 푸른 물결 푸른 파도
내 마음에 다가오네
바람타고 구름타고
잔잔하게 부서지네

우린 두 손을 꼭 잡고
바다가 들려주는
그 시절 그 사랑이야기
주고받았지

푸른 하늘 푸른 바다 푸른 파도
저 멀리서 다가오네
두 손 꼭 잡고 밀려오네

쓰와쓰와 쓰르르 쓰와
쓰와쓰와 쓰르르 쓰와

아름다운 파도소리
내 마음에 밀려와 사랑이 되네

마음을 지우는 지우개

며칠 동안 내리던 비도 그치고
맑고 파란하늘 아래로는
황금빛 햇살이 환하게 웃으며 다가왔습니다

한 점의 구름도 흐르지 않는
잉크빛 파란 하늘이 짠하고 열렸습니다

삶을 살아가다 보면
슬픈 마음 외로움 그리움이 찾아오기도 하지요
행복 속에 들어가는 양념 같은 거겠죠

그럴 땐 저 파란 하늘을 한번 올려다봐요
슬픈 마음 외로움 그리움을
우두커니 남겨놓으면
마음이 더 아프잖아요

그럴 땐 저 파란하늘 지우개로
슬픈 마음 외로움 그리움을 싹 다 지워버려요

숲속에서는 뻐꾹뻐꾹 뻑뻑꾹
아름다운 뻐꾸기의 사랑노래가
들려오네요
뻐꾹 뻐꾹 뻑뻑꾹

양귀비꽃

양귀비 꽃 색깔처럼
붉게 타오르는 사랑
양귀비 꽃 색깔처럼
붉게 피어난 사랑

아, 그대를 사랑하는 건 아프다
어찌나 가슴이 아픈지
숨쉬기조차도 힘들다오

난 오늘 널 보았지
아주 가까이서 보았지
그 아름다움에 반해 버렸지
양귀비 양귀비꽃이여

아, 그대를 사랑하는 건
아프다
어찌나 가슴이 아픈지
숨쉬기조차도 힘들다오

너무도 그리운 사랑
가슴 아픈 사랑이라면
꿈이었다고 생각하련다
양귀비! 양귀비꽃이여
널 그리워하는 마음은
붉은 꽃잎에 젖는다